李凡　著

如果这个世界会有创伤

陕西新华出版
太白文艺出版社·西安

图书在版编目（CIP）数据

如果这个世界会有创伤 / 李凡著. -- 西安 ：太白
文艺出版社，2024. 8. -- ISBN 978-7-5513-2707-7

Ⅰ. Ⅰ227

中国国家版本馆CIP数据核字第2024YX9845号

如果这个世界会有创伤
RUGUO ZHEGE SHIJIE HUI YOU CHUANGSHANG

作　　者	李　凡
责任编辑	蔡晶晶
策　　划	泥流文化传媒
封面设计	白　茶
版式设计	建明文化
出版发行	太白文艺出版社
经　　销	新华书店
印　　刷	三河市华东印刷有限公司
开　　本	880mm×1230mm 1/32
字　　数	85 千字
印　　张	7.375
版　　次	2024 年 8 月第 1 版
印　　次	2024 年 8 月第 1 次印刷
书　　号	ISBN 978-7-5513-2707-7
定　　价	52.00 元

如果这个世界会有创伤，依然要笑着热爱。

——江子（作家、中国作家协会全委会委员、鲁迅文学奖获得者）

如果这个世界会有创伤，那么我能确定这正是生活。

——胡剑云（江西卫视原《金牌调解》首席调解员）

如果这个世界会有创伤，一定有人坚持着缝缝补补。

——曹宏（国家二级心理咨询师、心理学博士）

如果这个世界会有创伤，我希望最悲伤的那个人不是你。

——张艳（《金牌调解》栏目主持人）

如果这个世界会有创伤，都给我，别给我的孩子。

——袁震（律师）

如果这个世界会有创伤，请在大地上种下你喜爱的花儿，花海包裹你时，是最美的芬芳。

——左小丽（中学副校长）

如果这个世界会有创伤，那太好了，昂起头，再和世界来一次硬刚！

——朱升伟（狱警）

如果这个世界会有创伤，不要彷徨和悲伤，我们终会看见新的太阳。

——周松林 （快递员）

如果这个世界会有创伤，时间终将我们温柔治愈。

——邹伶俐（英语教师）

如果这个世界会有创伤，那么世界一定是精彩的。

——徐嵩（数学博士、留学生）

如果这个世界会有创伤，苦痛抑或欢欣，都是生命的养料。

——郭杰文（高一年级学生）

自序

就像换了一次血

2024 年 4 月 26 日，我在微信朋友圈发了一段文字："如果这个世界会有创伤，请您接一句，您会写什么？"很多朋友在评论区留言或私信我，就此探讨。

有朋友留言："这个世界本来就有创伤，可以删除如果。"其实，"如果"只是一个缓冲，不必太满，给一些留白。

那段时间常看到一些新闻：自然灾害、人为祸事、相关事故等。

感慨颇多，百感交集。

行文至此，已过去多日。4 月 30 日，我在省检察院做值班咨询师（学生们研学，我方有空），目睹那些来访者的声泪俱下。当我把餐巾纸递给某位大姐拭泪时，她抓住我的手说："谢谢你啊，我想继续活下去。"刹那间，我仿佛忽然理解了《道德经》第五章开篇"天地不仁，以万物为刍狗"的含义。

近日重看相关影片。《肖申克的救赎》看过多遍，常看常新。显性与隐性的围城或高墙凌驾于时空，更多则桎梏于心。当我写下诗歌《亡徒》的最后一句："凯撒的归上帝，上帝的归无尽"，似乎感受到某一处缺口也有了释然的力量。就像梅尔·吉布森的电影《勇敢的心》的经典镜头：善良的小女孩把一朵紫色的花送给忧伤的小男孩。

这个世界，创伤无处不在，是肉体的，精神的，或者也是集体无意识的。盘古开天地之际，一片混沌，或许是创伤的"原型"？人生逆旅，且行且惜。

近期统筹校勘《心语星愿》文稿，学生投来稿件《"卡俄斯"的分裂——<罪与罚>中的复杂人性》，我眼前一亮，心里一惊。

卡俄斯（Chaos），是古希腊神话中最早诞生的神祇，代表着世界的开端和原始状态。宇宙之初，卡俄斯最先独自诞生，是无边无际、充满黑暗和光亮的载体。卡俄斯象征着宇宙初创时的混沌状态，是时间、空间和物质的基础。

每个人都是"卡俄斯"，从孕育生命的子宫来到陌生世间。母体的阵痛和缝合，新生命的第一声啼哭和睁眼，仿佛就是"创伤"的诞生，并完成某种使命。

6月25日，高考出分，很多人普遍关注高分考生。不少家长群里热烈谈论着哪些学校多少清北，以及985、211与上线率，充满焦虑的气息。为此，我也陆续退出很多群。我们不要忘了，最暗的那些星同样在星空中闪耀，也有着它们独一无二的坐标。

酷暑七月，本人在江西省某医院心理科住院部跟岗交流学习。查房期间，当我看到病人们的面庞、身影，听到他们的痛苦倾诉，当我联想起这些年做过的上千个案，内心涌动，也充斥无力感。

苍茫宇宙，人生如海。仿佛一切都是真实，又仿佛一切都是虚假。而太阳、月亮和星辰始终与微小的我们共存，或黯淡，或闪亮。"归去，也无风雨也无晴。"

这本诗集的诗歌创作于2020至2024年。分为三辑，书名来自2020年创作的一首小诗。内容只有四句：如果这个世界会有创伤/别怕/每个人的心底/都有潜在的光……非同名歌曲《复活春天》前几年已发布在QQ音乐。

这本诗集几乎囊括了二十多年以来，我在各类事件中的真实感悟与内心呈现。较之上一本诗集《这人间》在时空上的延伸拓展，这本诗集的创作更加关注当下时代的人性本身，以及大时空中看似"缥缈"的个体特质与冲击力。与其说这些诗歌来自心灵，不如说是来自我的身体。与其说是我写下这些诗歌，不如说是诗歌塑造了每一刻不同的"我"。每写完一首，全身就像换了一次血……

从事心理相关工作以来，当我在特殊事件时对接武汉、南昌、上海、深圳等地，接触大量真实案例，当我和留守儿童们一对一交流，当我来到偏僻乡村学校和盲童学校，当我在栏目组录制时听到当事人回首的那些历历往事，当我身处相关危机事件第一现场……说实话，有些时候，我同样有无助感。

弗洛伊德曾言："未被表达的情绪永远都不会消失，它们只是被活埋了，有朝一日会以更丑恶的方式爆发出来。"所以，"创伤"如果作为一种表达，其实也有其积极的一面。岁月荣枯，春夏秋冬，都是这世界潮起潮落的意象表述和争鸣模样。这世界，谁还不是"飘飘何所似，天地一沙鸥"？继续朝前走，但是尽量不要被裹挟，留下一个倔强鲜活的背影，也挺好。

以上只是一些个人随想，不成体系，请各位包涵指正。感激之情，永铭心间。再次感谢为这本诗集付出努力的编辑与师友们，都在心底。深谢。

（附：在我最后修改序言正准备发给编辑蔡老师时，收到一条消息：暑期和小鱼老师等志愿者一起到安宁病房看望的9岁男孩去世了……他生前最大的愿望是想去一趟上海迪士尼。志愿者娜娜告诉我，他带着大家送给他的娃娃等玩具安静离去了……）

　　　　　　　　　　　　　　　　2024 年春至夏于南昌

目 录
CONTENTS

辑一　如果这个世界会有创伤

辑二　别怕

辑三　每个人的心底都有潜在的光

辑一

如果这个世界会有创伤

太　阳

就像一个火辣辣的伤口

裸露在

人世间

谁的泪水从你眼里涌出？

不是暗藏刀锋的晚月

它早已在月圆之时

悄悄消释所有的悲伤

也不是走投无路的人

他们通常欲哭无泪

我们的泪水其实不是我们的

所有的必经之路涌进眼眶

化为一种碎裂

重生

会说话的哑巴

之 一

语言有罪

一边许诺，一边伤害

没有多一寸

也没有少一分

有多少滔滔不绝的浪涛

就有多少缄口不言的风声

之 二

他骗了我

他会说话

像正常人一样说话

他没骗我

他不会说话

没有一句，被空气和时代选中

之 三

想做一个哑巴

只看，只听，只是偶尔

想一想

如静默的大地、无言的夜空

而嘈杂，都在白昼

喧嚣，都是人间

之 四

用一颗流星的沉默

将时空坠落

抽一声月光的叹息

把承诺赎回

荒漠传来暗哑的马鸣

天空收回，所有的语言

之　五

也算一个梦想

退行至安宁之处，注视每一双纯净的眼睛

或者，燃尽多余的语言

把它们变成风、雨滴、星辰……

伴着遥远的驼铃

穿过银河系的广袤大漠

回到你，欲言又止的唇上

之　六

被前世抛弃，被来生遗忘

只好藏入这人间

学着说话

每说一次，就是一次自我背叛

次数多了

也不觉得疼了

那棵板栗树

早秋时节

那棵高大的板栗树

叶子飘散

果实零落

却依然，骄傲如斯

我站在对面的楼顶

望向它

想和它谈谈那一年

秋天的故事

我正要开口

它忽然就

默默背过身去……

让雪覆盖雪

试图掩盖所有的白

所有的从天而降

所有的不顾一切

所有的所有

直至最后

雪花不再落下

人类消散

阳光退却

只有，一片白茫茫……

是谁

还不舍离开

有人离去

有人离去

永远地，离去了

妻子在殡车后面追赶

痛彻心扉的哭声也无法挽留

看到他的生平介绍

孝顺、温厚、善良

喜欢浪漫的樱花

常带亲朋去武大观赏

快三月了，花儿即将盛放

却再也等不到，那曾经盛放的人

生命，说没就没了

痛惜再多

也挽不回活生生的一条命

挽不回一位父亲，一个儿子

有人离去

永远地离去了

声声慢

终于慢下来了

像一块石头

在方寸时光中打磨

若不是这次的突如其来

一切仍是迅急的

地铁、高铁，或许还有一些形而上

写到这儿，我来到阳台

想把窗外的风声收入

最好有几只鸟儿飞过

可是

没有

只有几件空荡荡的衣服

在晾衣架上飘动

一张白色的纸片

在狭窄的小区里

飞来，飞去……

它

猫看人，看到瞳孔里
不言不语。而后
把人影放入其他人的眼里

忠诚的狗，却把人当作上帝
遇见主人，就看进了心底

所以啊，如果你见过某只狗落泪
请相信我，它是真的
伤心了

最悲哀的

莫过于明明是一只

自身难保的昆虫

还要在全身涂满救世的梦想

担心布满雾霾的环境

食品安全、教育生态、幸福指数……

是鲁迅说过吗

人类的悲欢并不相通

最悲哀的是

一只在水泥地上艰难爬行的蜗牛

不停地用触角向同伴发出警示

一群人却围绕它

发出噪声般的嘲笑

忽然下雨了

淋湿了，已快晒干的
衣服和毛巾

我一件一件地收回
它们
一直
默默不语

一只鸽子在我面前

我坐在车上
它站在路上
毫无畏惧地，和我对视

只好停下车，等待
可是它并无离开的意思

准备倒车，转向另一条路
它，忽然改变主意
振翅飞起

我依旧在封闭的车里
望着它，越飞越高……

因为你

——致泰戈尔

因为你

我对那条河流有了憧憬

一直记得那个寒冷的冬天

读到那句"只有流过血的手指

才能弹出世间的绝响"

我看着自己完好无缺的双手

足足一个半小时

你是飞鸟吧，我这样想

历经了怎样的锻造与苦难

才化身一个诗人来到人间

告诉我们

飞鸟和鱼的

那些距离

雨下着雨

雨下着雨

雪下着雪

风吹着风

人跟着人

似乎都是整体

却又不断分离

有　时

害怕梦是真的

或者，梦是假的

担心所爱离去

或，早已消逝

入　海

《入海》

毛不易的新歌

歌名清澈，歌者深情

歌中写着"做一朵奔涌的浪花，还有说不完的话
　　风催着我们出发……"

可是如果你真的用心观察过浪花

你会发现，没有一朵浪花是奔涌前行的

它们只是生长在海里

仅此而已

更多时候

它们选择与大海一起沉默

在日食面前

即便如太阳这般

自带光芒

也有被遮挡的时刻

人类的自恋

真的不值一提

他们给了我一个眼罩

前两次做康复治疗

看到别人戴了眼罩

而我，没有。闭上双眼，灯光还是刺眼

甚至眼前总有过亮的光不停闪烁

我试着平静，给自己催眠

想象一切唯美

有雨，但没有冲垮堤坝

有风，不至于吹走流浪的人

爱的人，还在

大地没有皲裂的伤口

呵，不要告诉我那是为了让太阳照耀之类的话

草原越来越少，但骏马还在飞驰，苍鹰盘旋在距离
　　心口最近的地方

套马的汉子、灿烂的姑娘，永远那么明朗

没有翡翠的翡翠湖，浸润所有来生

在流星下许愿，让所有划过的流星都变为恒星
星空永在，灯塔永亮

我离题万里
双眼惶悚

第二天，以及后来每一次
他们，都给了我一个眼罩

一个僧人的逆光

他是李白的粉丝

他有皇族血统

他孤勇，却不孤独

他是悲观的乐观主义者

他醉酒挥毫

哭之笑之……

他画下，一双双不会落泪的眼睛

他始终都在——逆光处

读了你的诗之后，我不敢写诗

共鸣太深。仿佛是另一个我

握住了你的笔

不忍读

那些画面陌生又熟悉

熟悉又陌生

你说不要写诗，不要读书

这也是我潜意识里升起过的炊烟

不像风，一吹就散

也不像有的人，说散就散

想起了外婆——最爱我的

我最爱的

可是此时说起爱，是多么无力

她已不在，她从未看过我的诗歌

也不知我每次写她的时候，泪水止不住地流……

你说不要写诗

那就不写吧

我只想找一个人

紧紧握住我的笔

哪怕，写不出一个字

用诗歌掏空自己

顺便清洗

孱弱的灵魂

大地枯竭，植物憔悴

只有高温和雨水

还在交换肆意的疯狂

我尝试用诗歌掏空自己

腾出广阔空间

盛放一些更有意义的存在

完整的叹息也比，镜中假象和滤镜美颜

来得痛快

此时，我走在老城区绵密的街道上

多想在缓缓的落日里

写下一个，永恒的签名

阿　舅

阿舅已经离开好几年了……

他是外婆唯一的儿子，最小的孩子

做过教师，那时舅妈还在他身旁

有两个儿子，大儿子判给了他

他有严重的风湿病和高血压

曾桀骜不驯，浪迹四方

也曾潦倒半生，以水手的名义，在一艘又一艘船上
　　交付破碎的灵魂

他的微信签名是：

汪洋一叶

最后一次见他，我拿出身上所有的现金，让他换个
　　医院看病

他用颤抖的手接过，说起一些往事

再后来，我们赶到时，他已躺在一张窄窄的木板上

曾经照顾他的那个外省女子

再也打不通阿舅的电话

那些鱼儿

它们聚拢在一个大池子里
翕动着鳃，鱼尾有节奏地摆动
眼睛纯净，如夜幕下深情的大海

凝视太久，我差点误会自己
就在大海深处

你说我不要总是让天空收回一切

我也就这点本事

你们还要限制，看不惯

何况，哪有什么一切

不过是几颗扔不进大河的石子

容不了沙的眼，扎满刺的手

当我写下一个女人和一个男人

可能会有更多人阅读

毕竟，这看起来

似乎比几首虚无的诗歌更有质感

他和她

可以有飘忽的眼神、虚伪的笑

卡在喉咙的刺、欲说还休的叹息

抱歉，我不想把他们放在一处相互取暖

最好异地

假如我再狠心一点

让他们成为相互折磨的人

爱与恨都无法释放

压抑，克制，逃避每天残酷赤裸的现实

没有力气拾起裹体的衣服

刀锋上行走，没有血

对着日暮也流不出一滴泪……

看看，我多坏，坏到

让你们还是觉得

无用的诗歌，多美好

写完一首诗，然后推翻它

乐此不疲，却也并非我本意

自我感觉再好的诗歌

来到世间的那一刻

就已和作者无关

仿佛不是谁写出它

而是它，冥冥中指引着我们

生活中无法构建的

就在诗里完成吧

顺便借一场白露和千里之外的雨水

攒着，下个朝代再还

同样，日复一日难以解构、冲击和救赎的……

由诗歌，一次次

忍辱负重

如果我们可以等来一场雪

仿佛，等待就

值得

其实，无论我们是否期待

总有雪花飘落

落在你的眼里

或融入她的心底

没有什么是一定需要希冀的，千年已逝

月光依旧

雪，也是

只有雪

可以掠过千年

让西安回到长安

故宫，重返紫禁城

在你和雪之间

我无法选择

雪花冰凉

缄默于

冰凉

的

唇上

降雪之前

风越来越大

夜越来越黑

没有卖火柴的小女孩

没有卡夫卡笔下的骑桶者

我们不缺火柴

不缺油和食物

不缺急匆匆的脚步

我们只是渴望

简单下一场，简单的雪

多想让自己下一场雪……

飘飘洒洒……

广阔的天地间，苍穹之下

缓缓地，一片接着一片

一片接着一片

是白色的，可以联想到大漠里不曾回首的，那匹

　白马

是前世的秘密，很重

像一句诺言，很轻

　很轻

从浩渺的宇宙深处，飞来

纷纷扬扬……

慢慢闭上双眼，让苍茫白雪

覆盖我

或者，我覆盖它们

用我瘦弱的身躯、潮热的手心

来生的记忆

和，不值一提的文字

多想让自己，下一场雪

常常走在纷繁的人群里，忽然就这么想着

原谅我，这多像一个孩子的

呓语

七夕，我没有玫瑰给你

不仅没有玫瑰

而且，两手空空

摊开手掌，空无一物

若恰好停电

或许可以拥有

无尽

黑暗

幻　境

夜晚时分
客厅里的风扇
不断摇头
它总是没有方向
需要一个按钮，朝着某个位置

寂寂雪地，一个人默默
走着，走着……
戴了红色的帽子
那是距离死亡的
最后一个
隐喻

如果，我只是说如果
那个风扇来到了白茫茫的雪地
会不会吹走，那抹
桀骜的红

下午第四节课

音乐流淌，我让他们来到 2030 年

在我的"催眠"话语中

看到了滑落的泪水、坚硬的梦想

也有挣扎无力

和迷茫

我不想催眠自己

所以，我让自己停在

2020 年，一个清醒的岸边

他说他的灵魂是空的

雨触地，破散

雪落下，消融

天和地有过约定

制造各种各样的人和物

来角力，填补

满了，又空

空了，再满，再空……

忽然想起那一天，也是一个初秋

在一棵很陈旧的树下

你走过来，喊我的名字

我刚抬头

你，就不见了

隐秘的世界（组诗）

自 闭

不说话

没有表情

有时悄悄看我

不停转动手里的笔

旋出一个个圆

他把自己慢慢放进去

这些圆

比地球安全

抑 郁

沙盘上

已摆不出任何沙具

双手和意识

都在沉陷

窗外太阳很大

她背过身

把阴影

刺进心底

双 相

一半火焰

一半灰烬

潮水的升腾

紧紧咬住

撕裂的无助

一半灰烬

一半火焰

路　边

风大，很晚了

校门口的她，还在

旧竹篾筐里，有麦芽糖和芝麻饼

她不停敲着大块的麦芽糖

一块一块叮叮咣咣地敲下来

和她寒暄

听她诉说来异乡生活的举步维艰

风依旧很大，她继续敲着坚硬的麦芽糖

叮叮咣咣……

我默默看着她皱巴巴皲裂的手

仿佛目睹，她把那些坚硬的日子

一点一点地，敲下来

要怎样隐藏自己

回到江湖，夜行衣裹紧

踏上那些飞檐

春秋剑最好短柄

匕首，不轻易示人

要活，就活成那轮月

那么孤独

也用尽一生悬挂

用尽一生悬挂

永远都在那个位置

不急

不忧

不用力

不用力

你其实不是你
我也不是我

入冬了，我们与松鼠交换冬眠吧
和枯槁的法国梧桐告别吧

只有风，可以隐秘地进入身体
那种颤抖，可以媲美酿过的老酒

酿过的老酒

酒，是妖孽吧

用尽手段

只为让谁醉

醉话，连篇

"冬天来了，春天还会远吗？"

是吗？

春天里步履匆匆的

都是过客

都是过客

都是过客

不是

归人

我以为这是地狱

电梯门开后

一片黑暗

里面的灯坏了

硬着头皮

走进去

恍然间

我以为

这是地狱

这不是地狱

按下那个熟悉的

数字

就像按下了

通往人间的

密码

人间密码

算不清多少年了

反正没人找到

风已经不再猛烈地刮了

雪，也总是想走就走

仿佛一切都不可控

仿佛人世如此变幻

无常

可是依旧，只有一个

太阳

还有月亮

我记得写过它的孤独

一生悬挂

在空中

而我们

悬挂在人间

不提人间

只想说一个学生

今天某个群里，外校老师的学生

逃学，对抗，想要手机

一次又一次

家长一次又一次把他送进学校

学校一次又一次做他的思想工作

教育，再教育

他曾经站在楼顶

望向硕大的天空

蜷缩在废弃的楼梯间

一整天不吃不喝

你独自一人时，哭过吗？

抱过自己吗？

你的手，冷吗？

你才五年级

只有十岁

我没有见过你

可是我看到了

你抬头望过的那片

沉默，又无力的天空

就差这场雪了

就差这场雪了

用来消融

上一场

雪

上一场雪

说实话

印象不够深刻

只记得

很多人欢呼

也有人，沉默

沉　默

雪落时

其实，是有声音的

只是世间嘈杂

让我们误以为

雪花，是最后一个

沉默者

写给安妮的信

安妮

好久不见

别来无恙?

这是我第一次给你写信

最后一次见面,你还记得吗?

如果我说我已有些模糊

你会难过吗?

我想你是记得的,因为你曾不止一次

和我说过那个雨夜

你用仅有的,右手

捏碎了每一颗颤抖的

雨滴

写给安妮的信（未完待续）

2024 年 4 月 21 日　晚　中雨转小雨

安妮

我又给你写信了

在这个没所谓的四月

刚看到新闻

广东暴雨，强对流

天空瞬间呈蓝，变黑

就像世界末日

江西前不久也遭遇如此

有人在睡梦中

忽然离去……

一些歌还在播放

比如

张雨生的《一棵秋天的树》

虽然，他也已

离开多年

这几天胸口疼

止痛药放在多年前的秋季

或者在某个上上签里

取不到

安妮

我给你写了近二十年的信

邮筒，却一直

是空的

今天和明天有没有血缘关系?

我们长大，渐渐地

我们老去，一瞬间

我们摘下昨日星辰

走在密密麻麻的人群里

我们点灯，高擎太阳

有时观望他人的倒影

我们寻寻觅觅，寻寻觅觅……

寻找有血缘关系的那个人

也可能是一株植物

一柄短剑，一滴散了的泪

一个喊不出的名字

一次佛前的跪拜合十

今天和明天有没有血缘关系?

你让我怎么回答

我总不能，总不能

自问自答……

放　生

妈妈和我提了多次

最终，我还是未去

因为一想到，我可以给它们再生的机会

不知为何

反而觉得，特别羞愧

更羞愧的是

我杀过生

踩过慢慢爬行的蚂蚁

把蚊子打出一摊血

拍死过不知名的飞蛾

吃过各种肉类……

好像还有兔肉，以及某些野味

我每次都习以为常

没有脸红心跳

如果我能听到它们的心跳

如果我能听到它们的心跳

就不会

这么狠了吧

把"狠"的偏旁换一个吧

把"狠"的偏旁换一个吧

如果实在换不了

就换一个字吧

如果字也换不了

那就不写了

也不说了

行吗？

无人回应

夜晚静悄悄的

真的很静

我等了很久

无人回应

也没有

回音

口　罩

我在 QQ 里和每一个预约的学生说：

"明天来咨询室记得戴口罩"

消毒水的气味弥漫楼道

口罩是另一种表情

他们说着说着

眼泪就涌了出来

他们说着说着

还是取下了口罩

公元 2021，酒先干为敬

离开了 2020

可是那坛酒还未喝干

有些人离去了

时间的核，会在未来为他们停留

想象自己坐在江边

双手空空

等一阵风吹过

等一些人经过

我想象自己坐在江边

等一些人路过

等旧年的一场雪

等温好的一盏酒

等你的一饮而尽

或者我的，先干为敬

大　寒

她说已回学校，需要预约下一次心理咨询

她说已住院，询问某种疗法有没有后遗症

他说老师你看过那篇文章吗，那就是伤痕累累的

　　我啊

她说看到鲜血流出

有说不出的致命快感

他说未来的我和现在的我是同一个我吗

她说记忆力严重衰退，害怕撑不到高考

她说早恋是因为没有人真正爱自己

他说为什么我每一次付出真心都会被辜负

她说父母怀二宝没有问过她的意见，仿佛自己是

　　多余的

他说他曾经亲手杀了那只小狗

她说没有游戏活不下去

他说钢琴就是他的命

她说……

他说……

我有时默默聆听

有时和他（她）一起望向窗外那棵从不说话的

　老樟树

有时也会觉得手很冷

是啊，天气越来越寒了

那天的节气

是大寒

祝 福

——于 2021 年除夕

手有烟火气

亦可摘星辰

牛　年

牛气冲天，"牛"转乾坤……

关于"牛"的四字词语漫天飞来

我也在用，图个吉利

十二生肖轮流转

天干地支的融合

似乎让我们都有了一个简单的"信仰"

匍匐前行

我们是高等动物

却在低等动物的护佑下

不断轮回

年 饭

一只买来的熟鸡，赫然摆在餐桌上

写到此，那种不适感还在

我让家人把那只鸡放进厨房后，才敢动筷

我害怕看到它已经闭上的眼睛

害怕它如供品一样默然

或漠然

或许，我也是虚伪的

如果是鸡肉卷、红烧鸡

一锅热腾腾的鸡汤

可能，就下筷了吧

过年了，立春了

我们都在春天里

人类的不可一世

又前进了一步

忽然厌倦了点赞

也开始学着在纷杂的空间里

潜水

学着用海底生物的眼神表达

试着说一些言不由衷的话

却首先被自己一眼看穿

已入秋了

有叶子陆续落下

就像一种默许的宿命

秋雨阵阵

没有听见谁鼓掌

电闪雷鸣时，我再一次

关紧了窗

你的手

——忆外婆

没有梦见你

又整整一年了

那次梦境多么珍贵

你的手握着我的手

醒来后

我的双手紧紧缠绕

有些疼

却舍不得

把它们分开

我们，终究不是神的孩子

什么都可能发生

在刹那，就在刹那

让你久久缓不过神

我们，不是神的孩子

没有天荒地老

会有病毒和战火围绕

燃烧，只是一瞬间

会忽然失语，像个哑巴

会有人离去，永不再回

我们，不是上帝的宠儿

依旧要推着西西弗斯的石头

蹒跚而行

脚上戴着生锈的镣铐

步步难行

很多时候

人类比蝼蚁还要脆弱卑微

无论看起来多么闪亮光鲜

2022 年的 4 月即将结束

春雨淅沥，不知在为谁落泪

浩荡的春风

再次吹过这盛大的人间

人间盛大

而我们

终究不是神的孩子

气血两虚的我在诗歌里燃烧

大夫把脉，说我太虚弱

心跳缓慢，气血两虚，却偏偏火旺

我是一个不安顺的人

从来就是

读老庄，觉得三观一致

读到苏东坡，共鸣深

读八大山人曹雪芹、凡·高、弗洛伊德、策兰、卡夫卡

热泪盈眶……

读康德、鲁迅、顾城、海子、江非

以为灵魂上身

其实这些人（大多已成为灵魂）

我一个都没见过

我站在井底，把火焰递给他们

他们把火焰烧成梯子的模样

让我一步步攀登

我说："不行啊，火焰太盛，我会被燃烧的……"

没有人回答我，大火恣肆

我快哭了，我已经哭了

而泪水太少，浇灭不了这熊熊大火

胸口很疼，止痛药放在 1986 年

我等不到，我去不了

火焰还在烧，我也开始燃烧

我把手往外伸

放在旷野、河流、没有峰顶的山峰，废墟下的战场

茫茫沙漠，听不到驼铃声……

没有音乐安慰我

没有诗歌疗愈我

我把那颗微小的心掏出来，扔向大海

它在海面缓慢地跳动，没有停止，没有

我奔跑，我已看不到我

仿佛看见外婆在远处望着我

她脸部的皱纹还是那么慈祥安静

她没有说话

只是看着我在燃烧，她也在哭

在 2011 年的枇杷树下，1979 年的摇篮旁

我写不下去了

我看着那些梯子慢慢烧尽

我看见自己

终于成为灰烬……

文字多么肤浅

很多时候，不过流于表面
是一个载体
承载情绪、情感、思想
也可能是某种欲望
有些文字很轻
可是它们，总遮挡我们的眼

而那些能够沉入心底的
才有可能幻化为
尖刀与血液
或刺痛心脏
或无法割舍

爷爷的遗言

今天的朋友圈

有人提及爷爷的遗言

我想起，我的爷爷没有给我留下

临终遗言

那是一个夏天

当我赶到的时候

他已经停止心跳

年幼的我喊了一声"爷爷"

他的泪水瞬间滑落在两颊

家人在旁边对我说：

"爷爷听到了，爷爷知道你来了……"

时隔三十年

我才明白

那两行泪水

就是爷爷给我的遗言

醒了，以为是清晨

窗帘关着
仿佛可以隐藏时间

黑夜占据了黑夜
时光遗弃了时光

孤　儿
——致八大山人

一个漂泊的浪子

出家

是因为没有家

寺庙藏身

在画中对抗自己

也圆满自己

那年雨夜

家族被灭近百人

无人见过你的泪水

你把"哭"收入字号，连同"笑"

如同把世间所有利刃，收鞘

多年来

你用瘦削的骨，瘦削的笔

绘尽残败空寂的万物

不用割去右耳，已听不见风声

不必刺破喉咙，早已无言

站在你的真迹前

那些寂寞的鹰、流浪的草木、诡谲的山河……

来到你的墓前

圆形的坟冢前，摆着一个小小的圆形的

柚子

就像一个小小的孤儿

困在大地

无法迈出一步

海　军

这是年少时，有过的梦想

很长一段时间，会晕车

但从不晕船

或许，是来自大海的护佑吧

蓝色的辽阔，总是令人踏实、安静

就像起伏的摇篮

永远不会嫌弃——哭闹的婴儿

而婴儿长大后

终会，离开摇篮

昨天，忽然想起我的一位同学

瘦瘦的、黑黑的，不太说话

大学毕业后，他去了一座靠近大海的城市生活

两年后，他离开了这个世界

想起他的名字

也叫海军

姐 姐

再次读到海子的《姐姐》

让我疼痛

你说悲痛时握不住一颗泪滴

雨水中荒凉的一座城

我看到草原的风，荒芜凋零

抒情正在完结

戈壁滩上已删除，所有柔弱的石头

我可以告诉你我的疼痛吗？

可以吗？

你在空荡的人世想念姐姐

而我

没有姐姐

他　们

他们排队

排队领一个盒子

他们面无表情

悲伤是可耻的

他们的手不小心在颤抖

暮色向晚

滚滚江水一言不发

春天来了

花儿开了

盒子里的人

走了……

海　豚

哦，这是你的名字吗?

没有回应

仿佛没有人问过这个问题

仿佛只是臆想

有人仔细看过海豚的眼睛吗?

触摸过它的心脏吗?

有人知道它的秘密吗?

你们知道吗?

它多么害怕人类

飞速跳起

只是为了急速逃跑

你们知道吗?

它从不落泪

大海是它一生的泪水

可是我两手空空（组诗）

贺兰山

不言，亦不惧

似容器，抱持世间所有的不安

如誓言，抵消人类所有的欲望

又似一条长长的脐带

匍匐于苍凉大地

风沙滚滚

滚滚红尘

是什么在流逝，年复一年

日复一日，年复一年

究竟是什么在消逝……

此时，我安静地站在你的面前

彼时，你又曾在谁的子宫阵痛？

贺兰山有寄

拍过的视频还留着

那些辽阔与原始

都还记得

在你面前，语言是卑微的

不值一提

世间苦

需要一次次踏进远山

认领灵魂

需要暂时剔除肉身

或者看轻一次——自己

寻大隐民宿不遇

兜兜转转好多条街道

一直寻而不见

一排排面食店，热气腾腾

坐在台阶上大口抽烟的西北男人

从不对陌生美女吹口哨

刺烈的阳光打在他们冷峻的脸上

有些晃眼

我戴上墨镜和口罩

撑着太阳伞

有一些飞鸟飞过

把自己隐蔽

继续寻找

一个隐于市的收留地

阿拉善

坐在梦想沙漠公路旁

看车来车往

从哪儿来，到哪儿去？

为何而来，为何而去？

苍天般的阿拉善啊

也留不住无数远行客

天空很蓝

公路很长

每一段旅途

都是再次的

自我清洗

与辨认

贺兰雪

我来了，不远千里

在苍茫又盛开的五月

我知道，留不下什么

也带不走什么

只能肃立凝望，任凭时光缠绕

我说我两手空空
你说你一无所有

腾格里沙漠

那是一个寻常的黄昏
有人飞速冲沙
有人静候星空

暮色无语
夕阳无言

黄沙漫漫
无数个背影随着光影缓缓移动

我以为，夜幕之后
就能仰望满天星斗

后来，听说那晚星光璀璨
而我，只想把最暗淡的那颗星
写进这首诗

千年一瞬

暮晚。夕阳。远山
芸芸众生
石块。沙土。瓦砾
千年一瞬……

想说的，始终被卡在喉咙
想拾起的，一直陷在刀鞘
想触碰的，被困于某轮前世
想割舍的，被刻在皲裂手心

用回忆追问回忆
在这么久、这么长的时空中
有什么是永恒的

有什么是亘古的？
自始至终都不会改变的？
在这么久、这么长的
岁月里

戈壁滩记

南方在下雷阵雨

我们疾驰在西北晴朗的公路

一对新人在山坡拍婚纱照

我们疾驰在山脚的公路

一些叫不出名字的花儿在开放

我们疾驰在山脚的公路

一阵又一阵漠风使劲吹过

我们疾驰在山脚的公路

有人到来，有人离去

我们疾驰在山脚的公路

有人争吵，有人相爱

我们疾驰在山脚的公路

有人从未去过远方

我们疾驰在山脚的公路

有人点燃酥油灯，有人吹灭烛火

我们疾驰在山脚的公路

有人失眠，在腾格里星辰下落泪

我们疾驰在山脚的公路

有人手捧四叶草，从冬季又走到冬季

我们疾驰在山脚的公路

多想把这一句永远写下去

我们疾驰在山脚的公路……

众　生

是不是转动了转经筒

就转动了自己的命运

是不是虔诚跪拜于此

就可以开始解救自己

是不是总有一些秘密

悄悄隐于山顶之上

是不是每一位香客

都会在诵经声中得到宽慰

是不是每一位菩萨

都允许我们立下心愿

是不是广宗寺的钟声

一定要在我匆匆离去后

才会在满山细雨中

清晰地响起

一生所爱

"从前现在过去了再不来……"
镇北堡,《大话西游》拍摄地
不少游客穿着至尊宝和紫霞仙子的服饰
说着如果上天再给我五百年的誓言

"苦海翻起爱恨
在世间难逃避命运……"
音乐响起时
风沙很大,天阔地远
马和骆驼都在沉默
风马旗在远处随风飘扬

走进盘丝洞
踏上高高的土坡
对着夕阳,用力挥着手

我也不是太清楚
是把自己当成了归人
还是过客

讲不出再见

这是第十首了
一颗心被掏出来了
凌晨 2 点 46 分
还能写下什么

人间这么美，文字太轻
人间这么苦，文字太轻

记得返昌那天，大雨滂沱
航班延误六小时
飞行时颠簸厉害
生平第一次，差点写下遗愿

可是我两手空空
讲不出再见

我讲不出再见
虽然我，两手空空

给某一个科特·柯本

你饮酒

摔裂酒杯

是什么，洒了一地

这是个混血的世界呵

何止你，何止我

白昼之月，沿着夜空独行

万年之久

始终，寻不到归途

那些落日

择空旷之处

深呼吸

专注，毫无杂念地

凝望——那些落日

就像

瞻仰一次次

盛大的亡命天涯

天　涯

所谓天涯

就是
拿不出纸笔
写不了一个字

一朵紫色花的前生
——致敬《勇敢的心》

不忍多看

他是英雄之子

也是那个噙泪接过她紫色花的男孩

她是他秘密的新娘

也是苏格兰大地

紫色花瓣的来世

那些掠夺的剑，欺凌，奴役

挥舞着十四世纪的不可一世

不必再说战争了，深紫色的鲜血

流过无名的小草

与树木的根部

甚至流向天空……

自由，是划裂喉咙后的

最后一句痛喊

公元 1314 年

没有一生一世

只有一朵小小的紫色的花

开在苍茫的

落日之下

亡　徒

每次重读卡夫卡

走在人潮

仿佛踏在虚空

每一个人都是一个符号，一行意识流

一次压制，一盘残局

和一些赤裸裸的掠夺

异化。病态。变相

月亮下沉

有一双眼始终自上而下俯视

那是有着琥珀色布满褶皱又含情的眼眸

一只在远古痛彻呼告，一只打着绷带强忍冷泪

烟花清冽，瞳孔碎裂

亿万年后

被卷行的亡徒只剩碎骨

依然相互敲敲打打

继续卷

看吧，时代的倔强仍在此闪耀

饥饿的艺术家遍地，身着黑色紧身衣

若干年的若干年以后

一些全新又前瞻的生物（也可能是一串符号）

生生望着这些坚硬的脆骨

彼时，语言和思想均已消解

太阳升起

合十，为可怜的"先骨们"掩上

荒诞不瞑的眼

最后

格里高尔一口口地，吃掉了甲壳虫

当时，桥上的车辆正川流不息。

就这样吧

恺撒的归上帝

上帝的归无尽

那些抵达灵魂的

深夜前奏一旦响起

你能看到吗？

会有一些碎片滑落……

摇摇，欲坠，动魄，惊心

就像隐忍的尼罗河，6670 公里

也需要定期回溯、涌进、愤怒

流浪，是宇宙的基因

不要妄图改变

都说人非草木，孰能无情

可偏偏

最无情无义的就是自以为尊的人类

不要喊谁天使

很多时候，天使也只是

魔鬼天亮后，深情注视的

那面

魔镜

辑
一

别
怕

关紧了窗子

关紧了窗子

接着看到了一则新闻

十三年前

在汶川地震中英勇救人的少年英雄

曾被无数次的荣耀围绕

各处巡讲

媒体加持

可能是一次雨后吧，我猜

他开始用右手铐住左手

后来，他的双手交给了一副

镣铐

镣　铐

谁又没有呢？

必须期待的下一餐

一手甩不掉的烂牌

前行时忍不住地回首

试着给自己催眠吧

半梦半醒时

你才会大胆地

松开禁锢的双手

这不是一首赞美诗

只是一个，改革开放的同龄人
写下的来时路

五岁那年，第一次来南昌
紧牵妈妈的手
在公交车上
认真望着长长的水泥路
和黑白的广告牌

十岁时，与亲爱的外婆
坐火车回故乡
外婆说：南昌没有杭州美
我说：南昌也挺不错的

几十年的时光，一晃
我的孩子已是少年
他在这个南方城市出生、成长……

我们共同见证了

地铁 1 号线的顺利开通

花园城市的全面建设

与 VR 的未来可期

我们在"滕王阁"号游轮上

一览豫章故郡的底蕴

感受建国七十年的风雨变迁

儿子拉着我的手问：

妈妈，原来的南昌和现在一样吗？

我望着夜色中的赣江

又忆起那个遥远的四月

这不是一首赞美诗

只是谷雨时节

溢出的淡淡心事……

还是这人间

曾在夜晚消逝

黎明复活

有时

恰恰相反

请迅速忘了吧

请迅速忘了吧

若干年后

再深深地记起

我愿与这世间重归于好

我愿与这世间重归于好

不然呢

又没有重启键

夜还不够深

夜还不够深

伸手

还看得见五指

去西藏

去西藏

找到身体里的哈达

献给自己

和天地

石头的自白

你们，或我们，想过吗

石头也曾想活成流水？

不必碰撞

与被碰撞

雪

一

和黑一样
白，也可以
掩饰所有的
漏洞百出

二

苍白硕大的誓言
再次
从天而降

三

欠你的那场大雪
今日，在北地准时飘落

这世间，你们曾来过

——"3·21"东航 MC5735 航班遇难者头七祭

第六天

奇迹依然没有出现

第七天

亲人们在雨中

捧起失事地的泥土

和残缺的遗物

最后一次相见

竟在这空旷的山谷

每一声痛彻心扉的呼唤

都化为雨滴的回音

下坠……

无数蜡烛

摆在华南大地上

每一支

都只能燃烧一次

为你们照亮回家的路

而我宁愿相信

最后的几分钟

你们都张开了翅膀

留下这句：

　"这世间，我曾来过……"

那些羽毛

——读马音诗歌有感

对于这个世界来说

很多都是多余的

人推着人

风吹着风

雪下着雪

相互推搡和追逐

乐此不疲

有时，眼泪掉下来

也无法接住

清凉的早晨，需要

一些安静的柴火

慢慢点着，又悄悄熄灭

世事无常，我们朝前走着

或许，也在退着

今天，读到你的诗歌

仿佛来自另一个时空

洁净而清冷

冷峻又悲悯

它看着我们

如同看向

那些新生的骨、血

和羽毛

两 行（组诗）

左耳耳鸣，听见了自己的心跳

听得太清晰了，那么真实

证明自己还活着

你还没有看过她穿白色的长裙

你们

就分开了……

他们都以为我长得很先锋

见到我之后

都沮丧地说被骗了

那受虐的人啊

总是在磨一把刀
悄悄递给自己

让海明威来趟中国

前提是：那最后的枪声
必须留在《老人与海》的海底

布哈说吉拉布特的公路像一条好不了
的伤痕

我赶紧看了看身上的伤痕
像不像一条，被碾轧的公路

父亲送饭

一个保温桶
一个日渐缩小的身影

两　行

你以为还有下一句

却永远被流放在此地

雁南飞

我看见了它们
一些灵动的符号
从夕阳里飞快逃出
有一些广袤的深邃

然后，我看看自己
戴着口罩
走路缓慢

一群雨和一群人

一群雨

拼命朝下落

一群人

拼命往上走

好像还有一些人

和一些植物

肃立，静止

玉　镯

依然有人问起它

赞叹它

质地透亮，色泽独特

之后，同样询问价格

以此衡量它的分量与地位

曾经我会告知

后来，我只是说：它无价

它跟随我多年，从未取下

陪伴我、包容我

守护我

见证我的所有

白天和黑夜

孤独和狂欢，真实与虚伪

我不曾与它说话

它也从不问，只是不离不弃

我想我是爱它的

或许，它也依恋着我

只是岁月

"其实，我们一直在原地

只是岁月

经过了我们"

看到这句话

心里颤了一下

我想，还是有所不同

有的人经过了岁月

有的人只是，被岁月经过

思　念

又至清明

忧伤川流不息

思念也空荡

或许，思念是让逝者继续活着的

唯一方式

降下半旗时

总有什么，会在我们心中升起……

今 日

又有了阳光

大朵白云在飘荡

隔着窗

从阳台的角度望去

依然没有人。大片衣服在晾晒

它们替代了人类的自由

听到对面楼栋传来男孩的阵阵哭声

像是久违的宣泄

似乎没有人安慰他

他一直在哭

我本想等他哭完再结束这些文字

然而，我忽然意识到

没有什么，比试图阻止哭声

更加残忍

如鲠在喉

虚荣地索取

无底线地迎合

也是劣根吗？

原谅我写得如此直白

越是重大时刻

越能看清江水的颜色

越能分清人与兽

天与地

燃

越是珍贵的

越无常

又有生命消逝的消息

和视频，令人心痛心碎

听到那首老歌

《别哭，我最爱的人》

"别哭，我最爱的人

我将不再醒来……

还记得我曾骄傲地说

这世界我曾经来过……"

生命很重

生命太轻

如果泪水能够燃烧

那就燃尽重重黑夜吧

或许

夜的灰烬

是白昼

有个人间

雨水越来越多

有的骨头软化、消殁

有的骨头还硬着

有人长出翅膀

有人失去双腿

有人每天清洗眼睛，用消毒水、酒精

如此高浓度

有时也哭，不用泪水

泪水多么奢侈，不够用，要留着

有时也爱，掏心掏肺，爱这人间的

千变万化，措手不及

爱这人间的千疮百孔

和每一双，护着疮疤的手

没有人知道大地的哀伤

这么多年，这么多年

被踩踏

一直忍着

没有一面镜子

可以投射

语言，只是血腥的利器

堆砌海市蜃楼

巍峨

虚幻

荒诞

没有人知道大地的哀伤

没有人

有时，会长出一些稻子

风吹一遍

就哀悼一次

阳光热烈时

放一把火

温度再次升高

灼烧那些结痂的献祭

当谁抬头

会不会望见

有一些云朵正在

忍住奔涌的泪水

一人饮

这事说来可笑

为了剩下的几片黄瓜和凉拌牛肉

斟酌再三

开了一瓶奥丁格黑啤

来自德国，始于 1731 年

为避免浪费

舍命陪君子（君子在此是虚幻的，挺好）

其间，我也考虑过咽喉结节、囊肿之类的

人间隐痛

但是，一想到人生过半

还未曾尽兴醉酒

也就豁然了

只可惜，酒快喝完

黄瓜和凉拌牛肉还在

人也没醉

很多时候

我们怕自己醉

又生怕自己

再也，不会醉

近九月帖

近九月
不少群里又在谈及
补课，分数，师资
强基，985

就要九月了
落日也在打起精神
鲜红欲滴的那种
很盛大，与秋风肆虐
不止

共　鸣

这是终其一生的寻求

有时它的名字是理想，是态度

是登临顶峰的贴近苍穹

是人前人后的握手言和

而有时，只是一滴雨的抵达

几片雪花的消融

不必有体温相近的拥抱和进入

无须。只是热烈又安静的一场抵达

和结束

端 午

千年刹那逝去

汨罗江的风仍留在原地，不肯飘散

听说，诗人纵跃一跳时

身上还背着那把不出鞘的剑

一个赤子的忌日，终究还是

成了一代代人热腾腾的节日

我相信你们还会重逢

是的
变成潜意识，揉在心口不够坚强的
地方
是的，我一直相信你们还会重逢
虽然那一天，有鸽子飞过的那一天
你离开了麦田，头也不回地，决绝地

可是麦田，从未离开你
从未

如同
初见

小英姐

在梅岭

她每天都起得很早

寻风，揽云，端详木桥上

消散的影子

有时是安静的竹椅，孤零零的衣架

空荡的一把旧锁

她拍下它们

它们，也摄下了她

照

王岩老师说

对于摄影，要先学会鉴赏

生活何尝不是呢？

可是太多太多人都在蜂拥，前行

热切地，盲目地

被裹挟

一生的脚印，如同一帧帧胶片

每一刹那即是永恒

怎样过好这一生？

"对于拍照来说，极简的才是最好的"

王老师这样说

被火把点燃的诗歌

有时，这是唯一抵达的路径

没有绝处逢生

只有尽情燃烧

一场落魄的舞蹈

其实，足够了

真的足够了

不是什么，都可以烈焰燃烧

你说不要和别人提起你在写诗

这是我们难得碰面后

你再次地，嘱咐

　"我想安静地做自己喜欢的事

　尽可能远离有时触目可及的肮脏"

你的话，再次打动了我

诗歌，是你的秘密

昨天，是今天的秘密

流水是时间的秘密

回家的路上，我看到很多人、很多车

默默凝望这个热闹的南方城市

我愿意，做那个保守秘密的人

一位诗人把一个苹果写进了诗歌

看了两遍

想象那个苹果的形状、香味

及内部纹理

它从新鲜至腐烂

经历深山无言，战争与和平

它很渺小，受制于人

大概率下

是被人一口一口地吃掉，果核扔进

分类垃圾桶

幸运的话

比如说遇见一位懂它的诗人

或许，就成了一首诗

你有一双少年的眼睛

我愿意相信

同样的一个季节

同样的地点

也有风，吹过你的脸庞

当你望向我

我想起在山岗上

有个少年

也有一双清澈的眼睛

当我望向你

天空忽然

收回了那年的雪……

我把一匹白马牵进这首诗里

在它踏进之前

嗅到了战争的味道

战场。尸骨。目光呆滞的孩子

废墟。枪支。机枪扫荡。血肉模糊的伤口

哭声。喊叫声。求饶声。子弹穿过骨骼的声音……

不忍写下那个年轻战士牺牲前紧贴胸口的亲人照片

不忍再写下战乱期间肤色各异的平民惶恐的双眸

我们都在寻找一匹白马

它有着植物一般无辜的眼睛

鬃毛闪烁，让黑夜发出了亮光

它飞奔的时候，跟腱始终有着

若水的力量

明斯克的秋

挺嚣张的。大片大片的落叶

遍地，有时飞起，穿过一些人群

落在城堡建筑的顶端

鸽子的尾部，道路的心脏

我在其中，像一个潜入者

走着，慢慢地

不慌不忙地，打量

虽然，我只是在幻象中

抵达

一个字

是哪一个字呢？

天空如此阔大

宇宙无限辽远

每一个时代都在睥睨上一任

而掠夺，与控制

无处不在

借一双无用的翅膀

飞越海峡

然后退去潮汐

和暗涌之下每一朵

奔袭的灵魂

辑三

每个人的心底都有潜在的光

把星空献给你，日出还给我

——武功山金顶有记

在那场雨出发之前
就已经酝酿　这个想法了

说来就来的山雨，让星空，再次退隐至
凡·高孤清的画里
是的，我还是会想起他
想起 1889 年法国的阿尔勒小镇
在一大片向日葵里挣扎的星河
仿佛是 19 世纪的雨水再次划过——
2023 年仲夏，中国的武功山

时空交错
却若旧年相识

深夜，海拔 1918.3 米的金顶
躁动的游客，人声嘈杂。寥寥几颗星辰
只用沉默对峙

为什么星空总是高高在上

而日出，依旧

需要等待？

忽然想起

十多年前的某一天，一个普通的清晨

也是夏季，在日出之前

我缓缓走在一行白茫茫的队伍中

把星空下的外婆

送上了山……

三　月

听起来就很美好

三月，有一种被安抚

填不尽的广袤

青色缭绕，花香和鸟语

是病痛也无法剔除的，柔软纷扬

一寸寸光阴

依旧自顾自踱步

是慢悠悠的对白

是对白的凝望

是凝望的

欲说，还休

惊　蛰

这个词蛮提气的

被压抑的在宣泄

沉眠的在复苏

星光赶在日落之前

准备一顿可口的晚餐

莫寻赶路人

每个窗口，都曾有过沉默的眸

阑珊灯火

又在将谁

照亮

救世主

他们在救人

依然有一具具肉身永远消逝

我们在心里援助

如何拯救自身？

谁在顶端俯瞰

谁在大地匍匐

有时，信仰就像迟迟不落的大雪

令你企望

让你不时伸出空洞的手掌

然后，你发现

慢慢长出了耳朵、眼睛

还有心脏

从此

你理解了落叶的决绝

接受了雪花的执着

火 盏

点亮了火盏

就要准备迎接

熄灭的一刻

你说，没关系

虔诚走完这段路

火盏熄灭后

我们的眼睛

也会变成太阳

这人间

这个冬天，如此漫长

迈不开的脚步，安静驻守窗前

这个人间，风雨侵袭

数不清的背影，默默穿越那黑暗

在这岁月的关口

多想牵着你冰冷的手

抚平所有的创伤

祈祷山河无恙

在这人间的路口

再次仰望浩瀚苍穹

祝愿你我余生

依然看见光亮！

这人间

有多少泪

就有，就有多少爱……

活　着

终于明白

活着，是一件多么幸福的事

终于体会到

是谁，始终在为我们

负重前行

一生，很短

一瞬，很长……

没有什么，比好好活着

更让人安心

没有什么，比琐碎日子的一粥一饭

更令人踏实

好好活着吧

珍视当下的所有

暂且停下脚步

向天地致敬

暂且，回望人生

去看看曾经的自己

好好活着

握一握自己的手

岁月，还在

今天有了些许阳光

我小心翼翼地，伸出手

想去触摸翻滚的云霞

没有什么比久违的阳光

更动人了

没有什么，比一场大雨无声的哭泣

更令人心碎……

我似乎立在雨中

你似乎，不曾远去

万物生长

来到泮溪村

是从一匹马的身影开始的

那样自由的身躯

让我深信最美"三风"乡村

不仅只有美，还有爱与包容

这里的山就是山

香樟树下村民的笑容

那么真实，那么朴素

"四知堂"肃穆而宽厚

传承的力量如脚下的青石路

一步就是一步

孩童天真

老人慈祥

走出老屋，迎着升起的炊烟

路过一片清亮的荷塘

忽然间，忆起另一个小村庄

山水干净，万物生长

原来你也在这里
——吾校一览

2019 年 4 月 25 日下午 2 点 26 分
当我走近你，忽然诵起
前所未有的敬重

岁月流转，公元 1902 年
一颗教育的种子
在沧桑斑驳的年代，奋力闪着光

历经百年的风雨和辉煌
新时代的辗转、绽放与坚守

所有这些
都是你在赣江之滨昂首的模样

又是一个深情的 4 月
我轻轻抚摸，你一寸寸的历史印记
感受你澎湃的热血，翻涌流淌

"非以役人 乃役于人"

石碑上庄朴厚重的葆灵校训

"三风"长廊中闪耀的榜样人物

还有"成长"教室里，学生最真的心灵寄语

都镌刻在初夏的风中，融入心底

又来到那棵，百年银杏树下

我再次凝望

仿佛听见时光里谁的问候：

哦，原来你也在这里……

2066

这是一个秘密

知道的人，真的很少

你们说，发生了的事情才算秘密

我不信

我想任性一次

于是，我把这个秘密抛向未知的未来

一支燃烧的笔

——致敬江西作家胡辛

您走进会场时

我看到了一束光

循着光源

那是浸染 76 个春秋的一支笔

这支行走的笔

也曾有过颤抖和挣扎

却始终在痛与真中淬炼、铸造

和坚守!

划过苍穹

行至赣鄱之滨

默默穿行千年瓷都

立于茫茫大地

您是一支笔

书写无疆

在大时代昂然行走

您，更是一盏灯

在著作里持续燃烧

与重生！

重阳，想起外婆

我已经很久没有梦见您了

有时，我会担心

我快把您慢慢淡忘

好几次

在路上看到那些佝偻着背

缓慢走路的老人

我都会忽然停下来

我会忽然停下来

好几次

在路上看到头发花白的老人，衣服破旧

他们在捡拾垃圾，有些坐在路边乞讨

还有一些，帮孙辈背着沉重的书包

我有时会停下来

当我反复走在那轮落日下

我会停下来

当他们，忽然望向我

那个曾在抚河旁洗衣服的女人

昨晚梦见了她

一直站在河岸和我说话

醒来后，我才想起

这是一个一生辛劳的女人

她爱干净出了名，几件衣服

要在河边洗上大半天

她曾在印刷厂工作

一生就像厂里的机器

周而复始，了无生趣

她有些驼背，动作也很慢

无论是洗衣服、做饭、洗碗……

都很慢

她动作最快的时候

是爬上家里的阁楼

来去自如又敏捷

一会儿拿下来几只碗

一会儿送上去一罐糖

每当此时，她就像孩子一般

享受这快乐的瞬间

我听说，她曾是大户人家的女儿

但是她从未和我提过任何往事

仿佛她只是一个傍河而居的女人

没有过往，没有故事，没有未来

只有一条河

默默藏在，她的生命里

我梦见了您

曾在抚河旁洗衣服的您

任劳任怨的您

记忆中，我没有给过您什么

也和您不太亲近

可是，我清晰地梦见了您

奶奶

我梦见了您……

他

之 一

昨晚偶然读到他的诗歌

"他们在那棵老苹果树下发现了我

我像一根树根卧在那里……"

多好啊

可以在诗歌里交付自己

选择陪伴肉身的一棵树

是值得信赖的树

可以选择思想仍在

可以在死去之后依然想念——深深想念的人

可以在某个时候选择离去

然后又慢慢地把自己，悄悄藏在一棵苹果树下

读完这首诗

这个世界，仿佛不再那么孤独

我们可以救赎一只奄奄一息的狗，或者给它小小的
　坟墓
我们也可以轻轻拥抱
一个无辜的人

之　二

和我一样，也在做脚踝康复治疗
平躺着，红外线传射，双脚在仪器上晃动
整个身体也在有节奏地缓慢晃动
他很安静，有时我会忘了他的存在
没一会儿，听到了他轻微的呼噜声
转头看向他
他的身体还在平稳地晃动
闭着双眼，很安静

就像
躺在母亲怀里的婴儿

之 三

发来的视频里，看到他在海边
专注地思考
海浪在他的身后呼唤
一声又一声

他没有转身，一直在海滩上
专注做着城堡
用手，用铲子，已经有了雏形
一条长长的通道
还在被他反复修改、调整

他已经见过很多次大海
但是每一次，他依然
想给大海找到一条
回家的路

我看着那些花儿慢慢老去

还记得那一天

走在人群里，骄傲地

把它们带回家

向日葵、黄玫瑰、小甘菊

还有几枝，忘了名字

那时它们鲜艳欲滴，在花瓶里摇曳

勤换水，细打量

爱不释手

可是没几天，它们的疲倦与憔悴

愈加明显

今天外出，下午四点多到家

忽然发现花朵已干枯萎缩

姿态却并不悲伤

轻轻抚摸那柔软的骨，注视那安详

闭上的眼

秋天，也快过去了

——重阳节诵读原创诗歌《外婆》

前天读诗的时候

看到了许多流泪的眼睛

我不敢望向他们

仿佛又看到了您，您的眼睛

您佝偻的身影，您那双一年四季始终皲裂的手

外婆，又到重阳了

有人登高，走上山头，在一片雾色里

秋天，也快过去了

天上的云还在缓缓移动

它们似乎，也经历了漫长的一生

外婆，您一辈子都在劳作

炉灶前，稻田，花生地，还有那个

早已干涸的小池塘……

那时，也有一片一片的云涌向您

您从来不知道诗歌是什么

多年以后，您却成为诗歌

再次抚慰我……

你是一片森林

——写给章师傅

今天才知道

章师傅退休了

忽然，有些伤感

伴着深冬缓缓的雨

学校的群里，找他的信息最多

木梯上，电线旁，教室里……

那朴实忙碌又熟悉的背影

今后，无法在学校看到

仿佛少了什么

我也说不清

雨继续落着

冬日已快过去

一切好像，未因此而改变

他那么普通

就像森林里随处可见的一棵树

默默地站立

默默地守护

你是一棵树

也是，一片森林……

"樱"你而来
——写给校园的樱花树

你来了，迎面而来

没来由地

素白。安静。些许沉默

这次相见太突然

仿佛你是一个闯入者

站立许久

甚至有些恍惚

拿出手机，留下几张纪念

其实，我不是热爱春天喜欢花朵之人

而你，今天却让我驻足

一树浪漫，心生感动

生活如此不易

你却依然绽放在我们面前

比旧年更沉静，更繁茂

更动人

走近一棵树

走近一棵树

我们都慢下了脚步

两百多年的历史以一棵树的名义

送来秋的凝重和时代的变迁

听说，它是九龙桂

来自湘南

风雨侵袭，芬芳如故

一寸寸生长

一枝枝花开

走近它，就是走近一种质地与沧桑

就是抵达灵魂深处的回响

拥抱它吧！

就像拥抱赣鄱大地上

所有让我们感动的平凡

无　题

我没有见过年少的你
因此没有感觉你已老了

而你，还没有见过苍老的我
所以，你以为我还年轻

海子写给凡·高

在你离开 99 年后

我也离开了

不是在麦田里，没有在星空之下

那些星空让我眩晕

产生幻听

让我误以为人间不是我的归宿

你其实是一个布道者啊

我也是

离开的时候，我带着《圣经》

带着依旧虔诚的魂灵

我朝远方慢慢走去

仿佛听见神的召唤

铁轨冰凉，并没有春天的气息

没有春暖花开，没有看到十个海子复活

躺下的那一刻，身体是轻的

想起你在 1890 年盛夏的潦倒

没有一朵向日葵收留破旧的你

我比你幸运，有远方的火车

迎接我

凡·高给海子

不要再提星空了，我的诗人

那些只是上了色的凄清和孤寂

至于向日葵

那是我见不到太阳后的，回光返照

我让我的家人蒙受耻辱，我没有爱情，我和妓女同居

我曾在半夜站在高更面前，手里或许有凶器

但我是柔软的，你们相信吗？

没有人听我说，所以我割去自己的耳朵

献给你们

他们驱逐我，骂我疯子和流氓

诗人啊！"黑夜一无所有，为何给我安慰？"

我曾在很多窗口张望

看见了鸢尾花、劳作者和跌宕崎岖的路

我有一双颤抖的手——

可以画出永恒星空的手……

麦田和向日葵

你们是留下来的证据

明明是破败的苍凉

却用辽阔与明亮，献祭

这世间最孤独的，莫过于太阳吧

用温暖乔装自己

夜晚，独自取暖

星 空

画出星空的人，不在了

躺在星空下的人，远去了

星空，始终飘零

而我在每一个黑夜来临的时候

都收到过一封信，信里写着

星空永在！

夜临记

海子说："黑夜一无所有，为何给我安慰？"

江非说："夜晚，所有的事物都会回家，包括灵魂"

加主布哈说："傍晚我们都有血缘关系"

黑夜是孤独的打火机

有些男人，总是在黑夜临近时

悄悄把自己

变成诗人

谁不是在这世间独自流浪

赤条条来

赤条条走

若不是流浪，又是什么？

谁明浪子心

谁明，浪子心

微尘飘浮，踽踽独行

"可以笑的话，不会哭……"

歌中这样唱着

生活也是这样演着

大地多么野蛮

非要把流浪到尽头的人

隐藏在地底（生生世世）

走投无路的人开始嘲笑

白云。流离失所的代名词

也有人在等待救赎，眺望原乡

最后，夜幕降临

一轮明月升起

七 月
——致敬抗洪志愿者

又至 7 月

雨水浩荡而嚣张

2020 生死的考验还在继续

仅仅几小时的招募

几百名青年志愿者积极加入

"党有号召，团有行动！"

这是一位年轻大学生的铮铮誓言

"女性可以报名吗？我会游泳还会开车，我可以的！"

能想象出这位巾帼着急又可爱的模样

"我决定了，报名！洪水不能等！"

"我这边有四个人同去！"

"我在外地，明天两点到南昌西站"

"我明天五点的高铁抵昌"

……

我不认识他们，可此时却觉得他们如此熟悉

水位还在上涨

23 米

24 米

25 米……

群里接龙还在继续

第一批

第二批

第三批

……

雨一直下

这个夏季，就像这个冬天一样漫长

这一年，太不容易

不怕！水来土掩，人定胜天！

乘风破浪的 7 月

我们的心，仍在火热地

跳动！

西双版纳与 2022（组诗）

召　　唤

一年将尽
一些日子
依旧陌生

我担心
遗忘了口罩后
自己的样子

于是，2022 年的年末
遵照
神的旨意
去往西南部的春天
续写一个
冬日的故事

野象谷

在高空索道上看到它们时

只有模糊的背影

那头可爱的小象

紧紧依偎在大象的怀里

雾气很重，仙境般超然

每一棵树仿佛都是掩护

热带雨林围起连绵屏障

那一刻

我们是多余的

人类是多余的

整个山谷

都是新生命的摇篮

蝶　舞

蝴蝶园内

印象最深的

是一只褐色蝴蝶

始终驻足于一位男游客的头顶

一动不动

是的

几乎所有的蝴蝶都在争舞

色彩纷呈，肆意扰动整个冬季

只有它

在用自己的方式

起舞

未抵达的湄公河

来了才知道

每个人心中的湄公河是不一样的

那个夜晚

在距离河流几千米的对岸

听闻了你的故事

顺着当地人所指方向望去

没有杜拉斯笔下的凄冷神秘

也非《湄公河行动》里的动荡不安

只是一条安静的河流

在时空的切割中

默默流淌在

盛大的

落日下

归　来

一只，两只，十九只……

已数不清究竟有多少孔雀

飞来

几乎每一天，它们都在景点内于固定时间

朝向游客齐飞

那一刻，整个天空都属于它们

然而
或许只有在缓缓开屏时
才能够慢慢地，做回自己

荷　赋

本以为
能观赏到一池温柔的粉荷
已属万幸

谁知，还有白荷、红荷
和最爱的蓝荷……
来不及躲闪
就已深陷其中

那样清澈的蓝色
是大海的眼泪
不慎落于此吧？

就像这广阔世间
繁花万千

路途遥遥
也不及
一次最真挚的守候
与懂得

星光夜市

那晚，我还是去了
独自一人

那晚，有很多靓丽的女子
穿着清凉的傣族服饰摆拍
在她们身旁
我显得格格不入

那晚，买了银饰耳环和转运戒指
还在摊位前，请画师给自己画了一幅
不太像自己的漫画

那晚
我在沸腾的人群里
难得拍了一些自拍照

无美颜，无滤镜
只有星空，照耀我的脸庞

那晚，夜市喧嚣嘈杂
让我想起那些
看不到星光却从未忘却的夜晚

我在西双版纳等你

"我在西双版纳等你"
是星光夜市的一个打卡路牌

可是朋友
我已离开那儿
无法兑现承诺

那些日子已远去
等待或许成了一种祈盼的隐喻

旧年不旧
古老又天真的西双版纳
会在每一个晨曦的注视下

轻轻诉说，属于它的

往事

第九首

第九首没有题目

只想把这一首送给

在西双版纳的那些天

我无法写下的

未曾记录的

所有

2022 已经离开

有些人有些事，也已逝去

但是依然还会有第十首

第十一首

以及更多的诗歌

在等着我们

深海来信（遥寄）

心肌缺血的时候

回大海一趟

蓝色的海水亲吻蓝色的血

刺破海豚蓝色透明的血管……

深蓝，治愈所有

这是另一个世界

有时与天空接壤

海藻轻盈

笑容清凉

也有追忆

和悼词

小雏菊和碎冰蓝

悄悄盛放在涛浪之上

泪水滑落，亲爱

那些欢快的孩子

拿出几颗好看的糖果

深蓝，守护一切

就像胎儿与子宫

慢慢地呼吸

满满的安全感

提笔，蘸满清冷的海水

在一个爱上蓝色的

深夜

轻轻写下

这封

浅蓝色的

深海来信

如果这个世界会有创伤

如果这个世界会有创伤

别怕

每个人的心底

都有潜在的光……